les autocollants

émilie

Domitille de Pressensé

Mise en couleurs : Guimauv'

casterman

Voici

la maison

d'émilie.

La chambre
de **papa** et
maman
avec élise.

Le salon

La chambre d'émilie.

La chambre de stéphane.

La salle de bain

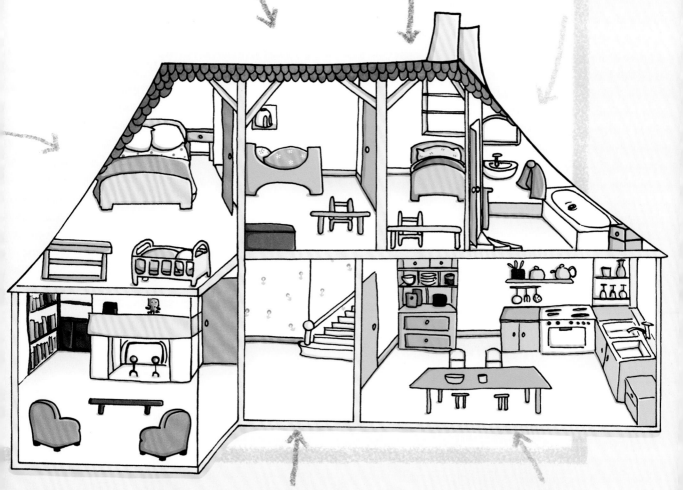

L'escalier

La cuisine

le fauteuil

le cintre

la table

le coffre

la lampe

l'imagier
de la chambre

la chemise de nuit

le tapis

le lit

Range les vêtements d'émilie
et ses jouets à leur place.

Détache ce décor et anime le jardin
avec émilie et sa famille.

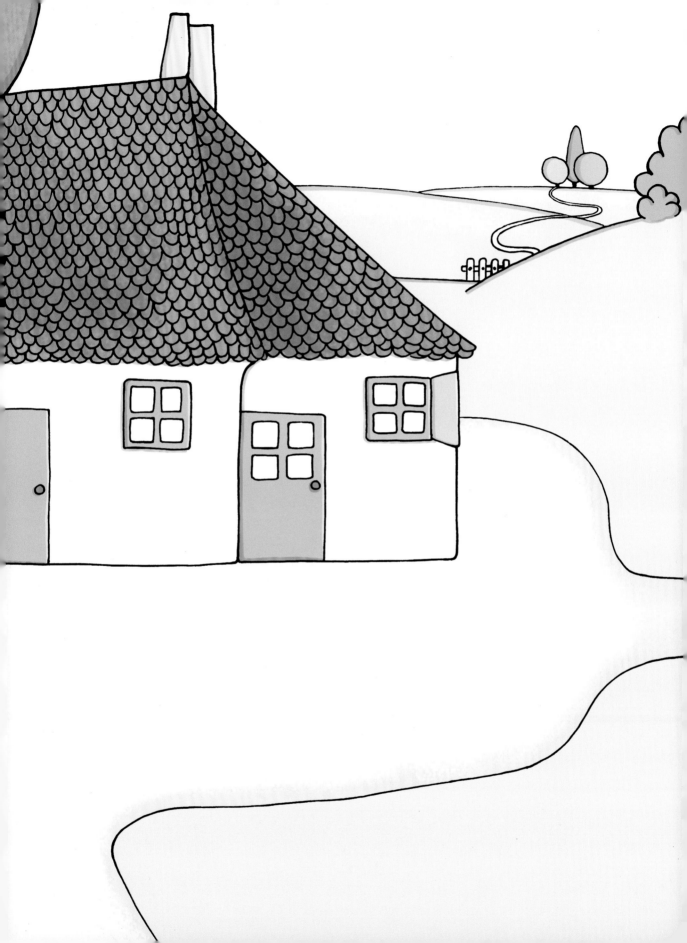

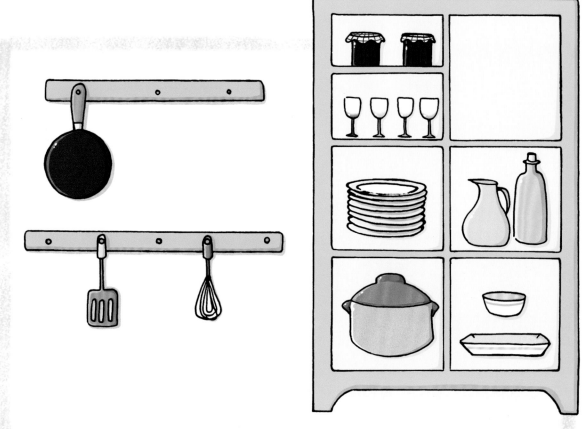

Il manque des ustensiles.
Range-les à leur place.

Retrouve les ingrédients
pour faire une bonne tarte.

la passoire

la cafetière

la poêle

le couvercle

le torchon

l'imagier
de la cuisine

le couteau

le presse-agrumes

la casserole

la case

la maison en bois

la maison
sur pilotis

l'igloo

l'immeuble

Dans le monde, il y a des maisons très différentes. Retrouve pour chacune l'enfant qui y habite.

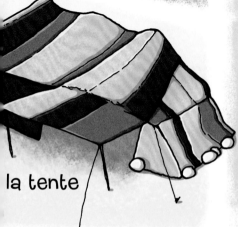

la tente

Termine vite le puzzle pour savoir ce que font émilie et stéphane.